Aya & Bobby UPPTÄCKER VIETNAM

Den stigande drakens land

Författad av: Christina Kristoffersson Ameln
Tecknad av: Melissa Baker Nguyen

Omslagsdesign 2017 Melissa Baker-Nguyen. Layout svenska utgåvan av Anna Lundstedt 2019. Översatt från engelska av Eva Ejdeklint.

Originalets titel: Aya & Bobby Discover Vietnam: Land of the Ascending Dragon.

ISBN 978-91-983700-3-4

För att veta mer om Aya och Bobby besök:
www.AyaandBobby.com

Här är Aya och Bobby!

Aya är lillasyster och Bobby är storebror. De älskar att åka till nya platser
och att upptäcka saker där. De lär sig så mycket när de är borta.

Följ med på deras spännande resa till Vietnam!

SAPA
HANOI
Ho Chi Minh

Var ligger Vietnam?

Vietnam ligger i den del av världen som kallas Asien. Vietnam ligger
längst österut i Sydostasien. Det kallas "Den stigande drakens land"
eftersom landets kontur ser ut som en drake.

"Titta på kartan, kan du se draken?"

"Om jag tittar tillräckligt länge kan jag
se drakens huvud längst upp och svansen
längst ner."

Vietnam är ett avlångt land som har allt från stränder och berg till stora städer.
Kina och Frankrike har stort inflytande på Vietnam. Det kan man förstå om man
tittar på husen och äter maten i Vietnam.

Aya och Bobby har packat sina väskor. Den här gången har de packat ner sina … hjälmar!

Vilken konstig sak att ta med när man ska åka så långt!

I Vietnam är det vanligt att åka motorcykel. Aya och Bobby vill vara säkra på att de har hjälmar som passar perfekt, därför tar de med sina egna hjälmar hemifrån.

Aya har en grön hjälm med blixtar och Bobby har en blå hjälm med eldflammor.
De sätter på sig hjälmarna och jagar varandra runt väskorna på skoj.

"Fånga mig om du kan Aya!"

"Du springer för fort! Vänta på mig Bobby!"

Det tar lång tid att flyga men till slut är de framme i Hanoi, Vietnams huvudstad.

De ska utforska staden i en cyklo.

En cyklo är en cykel med tre hjul. En person sitter bak och trampar och passagerarna sitter fram.

"Jag kan cykla", säger Bobby, "men jag brukar inte skjutsa någon."

"Jag försöker fortfarande lära mig att hålla balansen," säger Aya sorgset, "men om jag övar tillräckligt mycket kommer jag nog snart att lära mig."

Ganska snart upptäcker de att de inte behöver sina hjälmar. Cyklon går långsamt till Bobbys stora besvikelse. Han gillar ju fart!

"Aaaaah! Jag önskar att det kunde gå fortare!"

"Tyst Bobby, jag gillar den här farten. Den passar mig precis. Nu kan jag se allting runtomkring oss ordentligt."

De åker genom gamla stan på vackra gator där höga träd ger dem lite behaglig skugga. De åker förbi operahuset och genom de franska kvarteren. Där kan man se gamla franska hus blandat med typiska vietnamesiska hus.

I centrum ligger Hoan Kiem-sjön. Den kallas också Svärdsjön.

Enligt legenden ...
så var kejsaren Le Loi ute med sin båt på sjön
med sitt magiska svärd som hette
... "Himmelens vilja".

Plötsligt dök en sköldpadda upp ur vattnet och tog kejsarens svärd. Sköldpaddan försvann sedan ner i vattnet med ett plask.

Sköldpaddan var ingen mindre än den gyllene sköldpaddsguden. Han hade lånat ut sitt magiska svärd till kejsaren men nu ville han ha tillbaka det.

Kejsaren blev så glad nu när den gyllene
sköldpaddsguden hade fått tillbaka sitt svärd
så han döpte om sjön till Svärdsjön. Det sägs
att sköldpaddan fortfarande bor i sjön.

"Oj, den sköldpaddan måste vara väldigt, väldigt gammal!"

Aya och Bobby spanar ner i vattnet om de kan se sköldpaddan.

Jag ser honom inte! Han kanske har åkt på semester eller

tar en simtur eller äter lunch eller tar en tupplur eller ser på tv eller äter godis

eller...!"

Cyklon släpper av dem vid det stora torget som heter Ba Dinhtorget. Torget har fått sitt namn som en hyllning till Ho Chi Minh, en mycket känd ledare i Vietnam, som dog för många år sedan.

Människorna i Vietnam minns Ho Chi Minh som ledaren som gjorde så att Vietnam blev ett land istället för många. Hans kropp vilar nu i ett mausoleum.

Det är en lång kö för att komma in. När de närmar sig entrén blir Aya och Bobby lite rädda. Det finns vakter överallt och de ser stränga ut.

"Håll dig nära mig Bobby"

"Självklart Aya! Har du märkt att det är kallt här inne? Det är också ett bra skäl att hålla sig nära varandra."

Det är mycket folk därinne så de får bara en snabb skymt.

Ho Chi Minh ligger alldeles stilla på en säng i en kista gjord av glas. Det är inget att vara rädd för. Han ser ut som om han sover.

De fortsätter att utforska området. Det känns som om de är på en skattjakt med nya upptäckter i varje hörn.

"Mina ben håller på att gå av efter all vandring!"
Bobby är för trött för att prata. Han svarar genom att nicka.

Sedan åker de till
Litteraturens Tempel, det första
universitetet i Vietnam baserat på den
kinesiska läromästaren Confucius läror.

Confucius ville lära oss hur vi ska leva i harmoni med varandra.
Han sa till exempel –

gör inte saker mot andra som du inte vill att de ska göra mot dig.

"Du förstår Aya, det är faktiskt ganska enkelt. Jag ska
inte vara dum mot dig även om du gör mig "gaaaalen"
ibland, för jag gillar ju inte när där dum mot mig."

"Och jag ska vara snäll mot
dig. Vi borde faktiskt alltid
försöka vara snälla mot
varandra."

De ger varandra en kram och
hoppas att de ska komma ihåg
vad de har lovat varandra.

Aya och Bobby ser en staty med en trana som
står på en sköldpadda.

De två djuren tillsammans symboliserar balans
och ett friskt, långt liv i lycka.

Tranan symboliserar himlen eftersom den är
så ståtlig och kan flyga så högt; sköldpaddan
symboliserar jorden eftersom den är på marken.

De klappar statyn för att den ska ge dem tur.
Bobby klappar tranan och Aya sköldpaddan.

Mekong Delta!
SAPA
Kejsarstaden Hue
Sapabergen och risfält

Nu är de färdiga i Hanoi och Aya och Bobby sitter på ett flygplan på väg söderut till Ho Chi Minh City. Staden har fått sitt namn efter den gamla vietnamesiska ledaren.

På flyget hamnar de bredvid en liten flicka som heter Kim. Kim blir glad att träffa nya vänner. Hon delar sina kritor och sin målarbok med bilder från Vietnam med dem. Nu kan de rita tillsammans.

Tiden går fort när man har kul tillsammans med sina vänner.

När Aya och Bobby landar i Ho Chi Minh Staden blir de förvånade
över hur annorlunda allt är.

Aya spärrar upp sina ögon och utbrister högt:

"Den här staden har ju så många fler höghus och jag har aldrig
sett så många motorcyklar förut!"

Två kvinnor kör dem runt staden på varsin motorcykel. Kvinnorna har på sig
den traditionella vietnamesiska klänningen "ao dai".

Barnen får varsin gåva. Aya får en "ao dai" och och Bobby får en
spetsig hatt som kallas "non la". Aya älskar sin nya klänning och tar på
den på en gång. Bobby packar ner sin hatt i skotern för man kan
inte både ha hjälm och hatt på huvudet samtidigt. Hur skulle det se ut?!

"På med hjälmarna så kör vi iväg."

Bobby älskar farten och han tänker att det här måste vara det
roligaste hittills på den här resan.

"Tjohoo"

Under motorcykelturen i stan kan de upptäcka
vad som gömmer sig nedanför de höga husen.

De surrar iväg till den vackra kyrkan
som heter Notre Dame-katedralen i Saigon.
Tegelstenarna som den är byggd av hämtade
man hela vägen från Frankrike.

De surrar vidare till det imponerande
Återförenings Palatset. Palatset är byggt till
minne av att Vietnam är ett land och inte flera små.

Så surrar de vidare till huvudpostkontoret
som är byggt i gammal fransk stil. Det ser
imponerade ut.

Nu har de blivit hungriga av allt surrande
runt i staden så de åker till Ben Thanh-
marknaden. Där äter de lunch och passar
sedan på att titta på alla marknadsstånd
med mat, kläder och billiga småsaker.

Aya och Bobby är petiga med maten men de vet att man alltid ska
provsmaka innan man bestämmer sig för om man gillar den eller inte.

De bestämmer sig för att äta pho. Pho är en vietnamesisk nudelsoppa gjord
på antingen kött- eller kycklingbuljong. När de får soppan på bordet enas
de om att den ser ut som ...

"Spagetti-soppa!"

De sörplar i sig allt, högt och ljudligt!

Vi vet ju alla vid det här laget att Aya och Bobby
inte alls är petiga när det kommer till GLASS!

Innan de ger sig av till nästa plats köper de isglass.

"Jag vill gärna ha en isglass med cola-smak!"
säger Bobby.

"Jag vill ha den regnbågsfärgade
isglassen!" säger Aya

Enligt Aya och Bobby är glass alltid
dagens bästa måltid.

De bestämmer att de ska ta en promenad till **Saigon Zoo** eftersom de har ätit så mycket.

"Vi tycker inte om att se djur i burar."

Men de förstår att, även om det är tråkigt, så är det det bäst för vissa djur. Om de skulle leva i det fria skulle de utrotas.

Saigon Zoo känns inte alls som ett vanligt zoo. Det känns mer som en stor, vacker grön trädgård.

Aya och Bobby går runt på zoo när Aya plötsligt får syn på något märkvärdigt.

"Bobby, aporna är inte i sina burar!"

"Aya, jag tror att du behöver glasögon!"

"Nej, nej Bobby jag inbillar mig inte."
"Det är sant!"

När de kommer närmare ser de att aporna har kommit på ett trick hur de ska ta sig in och ut ur sina burar.

Aporna har jättekul.

Aya och Bobby gapskrattar åt de knasiga aporna.

"Hoppas verkligen att krokodilerna är i sina burar. Vi skulle inte vilja möta dem vaggande omkring här på zoo..."

Deras sista stopp på Ho Chi Minh-resan
är Cu Chi-tunnlarna.

Cu Chi-tunnlarna byggdes under
den tiden det var mycket bråk i
Vietnam. Aya och Bobby tycker
inte om när människor bråkar
och krigar. Det gör bara alla
olyckliga.

När de går omkring vid
Cu Chi-tunnlarna ser de
bara stora bambuskott
överallt.

Aya och Bobby
tycker att det är
konstigt.

"Finns det inget
mer att se än
en bambu-
djungel?"

Istället för att bygga hus ovan mark byggde
de tunnlar under jord så att de inte skulle synas.
De ville vara osynliga.

"Jag ska också bli osynlig."

Bobby glider ner i ett av hålen som leder
ner till tunnlarna.

Aya skrattar och hjälper honom att glida ner
och försvinna.

När de är färdiga vid tunnlarna bestämmer de sig för att hoppa på en båt
som går på Saigonfloden.

Det är otroligt grönt överallt. Det är svårt att se vattnet för alla spännande
växter som flyter på ytan.

När båten far iväg tänker Aya och Bobby att de har haft en jättebra resa
till "Den stigande drakens land" även om de inte träffade några nya drakar.

Med många fina minnen att ta hem vinkar Aya och Bobby adjö.

"Hejdå Vietnam! Tack för ett fantastiskt besök!"